歌集

愛州

國清辰也

砂子屋書房

＊目次

I

II

装本・倉本　修

歌集　愛州

I

花のえにし

桜咲くこゑを聞かむとしづけさに還りゆくなり花へうつろふ

花篝ゆらめく闇はいにしへの生の厚みかほのあたたかし

たましひは人を思ひてからだより出でてゆきなむ胴吹き桜

曇り日にさくら散りけり一生《いつしやう》の本意に触れず半生過ぎぬ

人はみな散りゆくさくら　黄昏るる出アフリカのホモ・サピエンス

散り落ちてそこはかとなく帯になる花のえにしよちちははのかげ

享年が同い年なる年譜より見えてくるもの桜蕊降る

灰釉のごとく朧のまはりくる山懐の色を増す闇

密

縄文の土偶の腰の渦巻きは子を産む力春の黒潮

海猫の雄のくちばし突ついては魚をねだる雌ごゑ匂へり

連翹の揺るる至福のひかりにはどこか手枷の影が差さずや

佳き人は背に立ちをらむ屈み見る鯛釣草に風は輝く

いにしへは密と書かれし日曜日緑さしたる墨を磨りをり

粘菌のたゆたふ霊よかがよへる柿若葉より雀飛び立つ

空蟬は光の泡になりにけり未生の言葉戯れにけり

何となく膵島細胞甘さうなけはひのありぬ夜の百日紅

蠢く

つきかげがしづかに照らす湖のさざ波見ればこころ悲しも

月白に人をおもへば頭《づ》を垂るる枯向日葵の浄きしづけさ

萩の花こぼれてをりぬ佳き人のまへにて人はきらめくものを

寂しさは1／f《エフぶんのいち》ゆらぎといふ鬼になりてむ夜の鰯雲

内臓のごとく地中のくらやみに蠢《うごめ》くものはえにしなるべし

稲荷山古墳出土の鉄剣の色になるまで秋刀魚焼きをり

自然薯をひたすら擂るは来し方のひとこまひとこま手に顕はるる

金木犀にならましものを耳掻《みみかき》の竹のしなりに耳はよろこぶ

甘皮

ヒトゲノム編集委員に誘はれて断つてをり夜の紅葉《もみぢ》山

ゆくりなく地球の人に幸あれと無患子の実は落ちて地を打つ

原人のこころの奥に死の意識ふと生まれけむ紅葉踏みゆく

脳死から臓器移植へ刻々と生のうつろふ夜の返り花

鳥獣の足音高し乾きたる朴の落葉に雪が降るまへ

黒豆に金箔散らすまならうらに黄金の雨はダナヱ抱くらむ

黒き手が背より近づき甘皮を剝がしてゆけり旅の終はりは

残照のしづけさにをり紅白の絞りの椿落ちて重なる

明日への手紙

同窓会の便り来たれば筒井筒金木犀は二度咲き匂ふ

オクラホマ・ミキサーのわが手をぎゆつと握りしめたる初恋の人

妻らみな子供の話はじめたり柘榴裂けたる午後の中庭

オリーヴの葉裏ひらめく愛日のこよなき恋を人はかなしむ

相聞はよはひ覚えず種子《しゅし》つつむ南京黄櫨《なんきんはぜ》の白い蠟質

柊は明日への手紙あたらしき八十路《やそぢ》の恋を媼詠へる

鳥獣の飢ゑを癒さぬ淡雪は春のことぶれ土に沁み入る

蒼穹へひとたび上がり散るさくらいのちの際《きは》はかがやきをらむ

おめりぶき

なにもせぬ手を洗ひをり風光るハンカチの木を帆柱にして

熊蜂は顫音収め藤垂るる桟のひとつの穴に入りたり

梅雨雲を率ゐし翅を休めをらむドアのほとりのオホミヅアヲは

明日のパン提げてあれこれ考へる矢車草に夕日さす径

猫となら分かり合へないままにまあやっていけるとひかり澄みゆく

おもてなし暖炉に薪つと爆ぜぬ無為こそ避暑の花めくものを

金萱茶しだいに人を恋ほしむる乳白色の香りがひらく

つきかげの暈は雅楽のおめりぶき遠世のこゑにかへりゆきなむ

黒蜜きなこ

核兵器ひとつもあらぬ箱庭へ夜明けの鳩はくぐもり鳴くも

骨切りは世界を刻む言葉なれ鱧の落としに梅肉ひかる

香ばしく焦げたる愛よあやまりて炭火の中に落ちたる鰻

養殖の蒼生《あをひとぐさ》よ夕日さす長き戦後の末の松山

蛭蓆《ひるむしろ》、浅沙《あさざ》、河骨《かうほね》、未草《ひつじぐさ》、水惑星に原爆の雲

ぬばたまの核の力は黒塗りの言葉持ちたる悲しみの護符

アボカドにかかる黒蜜きなこより廃炉の燃料デブリあやなし

人類が滅びし後も玄関のマットに猫は寝転びをらむ

愛州

愛州に流され果てたる褚遂良《ちよすいりやう》その墨蹟に夜の梅香る

ミモザ咲く明るさにをり日常に芽が生ゆ何か狂ほしきもの

あの言葉もう忘れしに謝られつばらつばらに椿落ちたり

花蘇枋ゆらぎかさなる来し方の花の行方に空は明るむ

紫木蓮外れかけなる一片の闌けたる白に年を重ねる

顔背けをみな去りたりさにつらふ楓の花に若葉かがよふ

時を待つ楓の翼果《よくか》いとけなく恥ぢらふ色はさみどりに立つ

行く春はかへらぬよはひ愛州の鳳凰木にくれなゐひらく

シュレーディンガーの猫

本当の自分はをらず篝火に瞬く桜洞《ほら》の暗闇

世界病み日本も病めり野皁《のづかさ》にみどり児のこゑ雛筵咲く

ぬばたまのバナナの皮の黒みたるあたりがわれか生かされてをり

翁草仰向きに咲けうずくまる朝明の魔羅に囀りわたる

巨根なれ地球の巨根びんびんと経済格差生みたる力
　　　　　　　　　　トマ・ピケティ『21世紀の資本』

ぬかるみはぬかるむゆゑに舗装されわたくし消ゆる私性たるもの

空洞化こよなく進む自画像かブラックホールの影の写真は

生きながら三十一文字に葬られシュレーディンガーの猫になりてむ

蜂雀

荒梅雨に円弧を描く立葵メトロノームはアレグロ刻む

蜂雀《はうじやく》の蜜へ伸びたる口吻の八月十五日の午後つづく

百日紅剝がれかけなる樹の皮は磔けられしイエス・キリスト

生贄の故郷《ふるさと》語れ歯が含むストロンチウムの放射線量

手を繫ぐ文様の壺残したる遊牧民は殷の生贄

眼の文様甲に刻める青銅の右手の指は夢を追ふらむ

憂国忌天皇陛下万歳に揺らめく闇を炎《ほむら》は交はす

屋内に祭の肉のぶら下がる官といふ字はさびしきろかも

雪嶺の頂きにのみ日の当たる神々しさよ戦後は長き

黒き手のなすがままなり鉢のまま吊り下げらるる夜のシクラメン

沿道の防音壁の蔓草に羽を収めて鳩沈みゆく

野菜

はうれんさうの紅き根つこよ　ホームラン打ちたる選手をひとたび無視す

大リーグ

一株の余りし水菜いつしらに厨の桶に咲き初めにけり

宮刑の司馬遷にさすつきかげよアスパラガスに走るむらさき

食べ終へし玉蜀黍の芯立てて夢のはたてのサグラダ・ファミリア

大木に大根あまた干さるるは土偶なるべし少子化つづく

臘梅

陽光に身の引き締まる思ひして近づいてみる素心臘梅

レモン汁白湯に搾れりほの白う霞むひかりに一生《ひとよ》おもほゆ

白飯に鮭のせすぐき壬生菜のせ白湯をかけをり白髪ときめく

日溜まりのソファーに沈み自燈明法燈明も猫になりてむ

消毒用アルコールつけし手のひらにぬめる他界のはつかに見ゆる

帰　燕

今在るを言祝《ことほ》ぎをらむ青鵐《あをじ》鳴く木下闇《このしたやみ》と酌み交はしをり

中年はさびしき雑歌水楢の風倒木に木耳生ゆる

土嚢にはあらざるものを非透過性納体袋に帰燕は高き

おもむろに手のひらを見つつきかげのこゑとおぼしきものを聞きつつ

眠りたる赤子の胸に耳当てて心音を聴く母はつきかげ

地球には同じ面しか見せぬ月ひとのこころは悲しきものを

蛇口よりシンクへ漏るる水滴の刻める音に秋夜延びゆく

小紫式部の実あり葉の腋のひとつぶごとのさやけきひかり

萩

この径の秋さりぬべしひと叢《むら》の咲きたる萩を風は装ふ

萩の花ひたすらそよぐ真昼間の秋の浮力はわれにありなむ

ひと叢のたゆたふ萩の輪郭の乱るる色に人を思へり

やさしさは人くるしむるものとこそ反りてはしなる萩のひと叢

風無くてそよがぬ萩か化粧せぬ二十歳《はたち》のをみな三十路《みそぢ》のをみな

懸巣

マスクせぬ顔にくまなく向けらるる杳《くら》き視線を懸巣は鳴くも

いつの世も同調圧力怖ろしや軟禁されたるガリレオ・ガリレイ

国禁の本を著す歓びを知らざるままに秋深まりぬ

深海の微光と同じ明るさに身を光らせてオキアミ消ゆる

世におくれて生きるたのしさひつそりと樹海の翳に木の実踏みゆく

II

春日遅々

いにしへの宇宙はじまる爆発にふくらみをらむ春はあけぼの

走りゆく赤いソックスふくよかな若き腓に湖ひかる

まなざしがこころを放つ春昼の睫毛はつばさふと目をつむる

アネモネの風に揺るるは佳き人のほほゑみにさす影にやあらむ

春日《しゅんじつ》の遅々遅々遅々々恋雀なづなの花のかたはらに鳴く

恋雀たちまちに消ゆ足跡に地霊のこゑの立ち初めをらむ

いつしらに年の差の恋萎《しな》ゆらむ靄に消えゆく山茱萸《さんしゆゆ》の花

手のひらに憑きたるものを洗ひをりすべての指は明日への岬

鞭毛のほのあたたかくしなりたるけはひに揺るるうはみずざくら

たそがれは利休梅咲く垣根より過去世《くわこぜ》の人のはしやぐこゑする

橡の花きよらに立てり三日月はわが常処女《とこをとめ》皓歯きらめく

合歓の櫛葉

さかしまなハートの翅の澄み透る虎杖《いたどり》の実は月を待ちなむ

乳色の空にうつすら紅さして大海原に月上がりけり

夕凪に照りたる石蕗《つは》の花びらの緻《くは》しき影はひと葉にひらく

釣り糸を擦り切らむと船底へ鮪まはれり銛が刺すまへ

冬深し落し蓋より泡立ちて滑多鰈《なめた》の煮ゆる音する

冬日さす合歓の櫛葉の歯は欠けてわが五十代後半に入る

睦月立つ花水木にも気のひかり固き蕾に雪さはり消ゆ

冠毛は泡立つごとく種ふふみ春待ちをらむ背高泡立草

いちぢく

無花果の臍から中へ入りたれば雄花の奥に雌花の林

触覚も翅も捥がれて無花果の花嚢に入るイチヂクコバチ

貫ける産卵管の鋭さよ雌蕊の闇に死にゆく雌蜂

したたかに産卵管をかはしたる長き雌蕊に種は実れり

無花果の種の恵みよ雌蜂より一日早く羽化する雄蜂

保護殻の穴よりペニス差し込まれ受精してをり羽化をするまへ

無花果の外に通じるトンネルを掘りて花嚢に果てたる雄蜂

トンネルを抜けて未熟な無花果へ花粉携へ雌蜂飛び発つ

歌　棄

しづけさを求めて来たる野の梅に緑さしたる白はかがやく

柔肌に静脈蒼く透きをらむまならうらに抱く大島桜

ああいまだ逢はざる恋か囀りは自《し》が囀りに絡まりをらむ

手の爪が足の爪剝ぎ滲む血はえにしなるべし夜の山桜

アイヌ語の音写したる歌棄《うたすつ》は胸の奥まで桜蕊降る

鯨

隕石のふふむ水より生まれたる地球の水よ春の黒潮

八重桜雨に揺れをり四本の鯨の脚の海への歩み

夕影の幽かな筋に八重桜楚々と散りけり人影を見ず

八重桜日暮れの色をうしなへり花のかろさにこころやすしも

朗々とゆうなの花の黄のうへを鯨は跳ねてまた翻る

をだまき

おのづから人への思ひつぎつぎとひとつばたごは花を呼ぶ花

白薔薇の蕾に覗くくれなゐのどこか危ふき線ぞかなしき

苧環の三つ葉にわたる水玉の表面張力われを吸ひなむ

「もういいかい」「まあだだよ」といふなつかしきこゑの聞こゆるをだまきの花

四本の片足掛けて乾きたる窓辺の蜘蛛に若葉かがやく

めはり寿司

夕されば人ごゑ恋し木の洞にひかり差し込む山のしづけさ

山脈《やまなみ》に秋冷至る夕まぐれ何処《いづこ》か知らず人のこゑする

めはり寿司頬張るごとく目を瞠《みは》り熱く語りぬユヴァル・ノア・ハラリ

人類は麦の家畜かローラーはゆっくり牽かれ麦を踏みゆく

俑《よう》と知る哀しみならむ山茶花が散りて片頬《かたほ》を打ちたる晨

カーテン

カーテンを閉めるに右手で引く音は左手で引く音とは違ふ

カーテンのフリルの裾はぼんやりとのこぎりの刃のごとき影曳く

エアコンの噴き出す風にカーテンのかすかに揺るる色欲ならむ

黒毛より恥部の白毛《しろげ》を選《え》り避《よ》ける鼻毛鋏の刃先の丸み

カーテンを無心に開ける日曜の晴れたる朝よふたたび眠る

裏磐梯

人恋ふる影のけはひは身に寄りぬみどりの夜をほととぎす鳴く

天に掛かる磐の梯子よ山体の崩壊壁は緑を抉《ゑぐ》る

うたびとの死より十年《ととせ》が経つ空へ噴火のごとく曼珠沙華咲く

わが歌に異常噴火はあらざりき磐梯山爆裂火口壁

熊除けの鈴の音《ね》寂しものを言ふ人を避けつつ山道を行く

瑠璃色の沼を截ちたる倒木に枯野といふ名の舟を思へり

藻塩火に焼《く》べ残りたる帆柱は箏になりけむ七里に響み

人恋へばはたはたが飛ぶはるかなる匂へるこゑへはたはたが飛ぶ

四分儀座流星群

一年のはじめのひかりわがまへに生まるるまへのやすけさあらむ

初春のひかりを浴びるよろこびはかたはらに咲く水仙の花

四分儀座流星群の降り注ぐ乙女椿は何願ふらむ

寒晴の筑波の山を遠望み嬥歌《かがひ》待ちたるいにしへおもふ

繊月の暗きところに冴ゆる弧の逢はで年経る影ならなくに

かたくりの花

入れ過ぎし八宝菜の片栗の霞は春の恋にやあらむ

かしましきをみなのこゑのあはひより般若心経聞こえ来るかも

かたくりの花になりけむ舞ひ上がるスカート押さへしマリリン・モンロー

ちちははの生まるるまへの玉の緒のひかりを曳きてさくら散るらむ

溶き卵回し入れてはかき混ぜる金雀枝《えにしだ》の咲く昼の来てをり

バッテラ

野焼きなれこころの野焼き来し方を肥やしに芽吹く行方あれかし

水甕座流星群に豊作を弥生人らは冀《こひねが》ひけむ

万緑の中をさまよふ手も脚も人を思へばくれなゐの鰭

恍惚になりゆく脳は椎の花黄蘗《きはだ》色して緑を穿つ

稲の咲くまへのふくらみペルセウス座流星群はしののめに消ゆ

おにぎりを両手に持つて食べてをり木の実を齧る栗鼠のごとくに

バッテラは小舟なるべし原人が渡りし海の昼のしづけさ

楼蘭のをみなは湖《うみ》を恋ひをらむ舟のかたちの柩に眠る

ビールの泡

立春のひかりはやさし縊《くび》れたる人にひとしく万有引力

過労にて夭折したる精霊は永遠《とは》にふふまむ御衣黄《ぎよいくわう》桜

戦争はもう起こらずと亀鳴けり　グラスを不意にビール溢るる

注がれてグラスを溢れ零れたるビールの泡のあたりがわれか

今生を生きたるうねり新緑の縄文樟《くす》に風はかがよふ

てんぷら

舌を巻く才能ありや天麩羅の席に坐れば才巻海老来

抹茶塩喜馬拉耶《ヒマラヤ》岩塩咖喱《カレー》塩万葉人の詠ひし藻塩

ひたすらに塩を撰《え》りをり日常の些事も大事もすつかり忘る

丸十と木札に記《しる》すさつまいも栗より美味い十三里なり

れんこんは木札にはすと記されて蓮根掘りめく一生《ひとよ》おもほゆ

椎茸の緻しき襞は絆なれふかぶかとある傘の奥行

おもむろに「天使替へます」皿の上の濡れたる天紙《てんし》颯と替へらる

丸のまま揚げられをらむ俯瞰する東京駅に人は蠢く

Ⅲ

ハロウィン

血塗られたる真白き制服ハロウィンの夜はいづこの悪魔追ふらむ

仮装して自分を探す夜ならむゾンビメイクの女子高生も

崖を跳ぶ歌人おもへり道頓堀川へ飛び込むハロウィンの夜

定型も仮装なるべし日常を抜け出すために飛び発つものを

アメリカのハロウィンよりも愉しいと留学生は日本囃すも

秋澄む

あぢさゐは肌色に枯れ何を見む視神経めく姿になりて

夕映えの枯あぢさゐに風吹けば歩揺《ほえう》ひらめく金の冠

きりぎしに垂るる鶺上戸の実澄みたる空に鳥ごゑひかる

湖に毛嵐立てば漂泊のこころ湧くらむ紅葉きらめく

秋澄める脚を伸ばせり湖へつづく錦の尾根のひとすぢ

あぢさゐのあかむらさきの返り花萎ゆる胸乳のごとくに揺るる

空爆に幼児の顔が血まみれの内戦遠く紅葉散りけり

シリア内戦

石蕗《つはぶき》の花芯に胴を巻きつけてドウナガツチバチ蜜を吸ひをり

額あぢさゐ

鮟鱇の飢ゑを思へり雨暗き消防小屋の赤き電灯

ドラム缶に混凝土《コンクリート》を流し込むメフィストフェレスに月明りなし

柿若葉青葉も冷えて少年が小学生を殺めたる手記

存在を問はるるうちが華ならむ額あぢさゐは雨に明るむ

いつまでも齢《よはひ》忘るる恋もがな老鶯《らうあう》のこゑ緑に弾む

袖を振る人はまぼろし蒲生野《がまふの》の額あぢさゐに雷気は残り

夕されば考へること淡くなりモルヒネのごときことばを掛けぬ

神奈備《かむなび》をカーナビと読む少女ゐて合歓の雄蕊に雨さはり消ゆ

薔薇

杳かなる歌誌けぶるらむオレンヂを踊れといふ詩をみなかみにして

言葉もて屈折したる薔薇ならむ薔薇の向からうに虚無はひろがり

沈黙の言葉なるべしぬばたまの都市の暗渠に潜みたるこゑ

草木は耳になりてむ沈黙の言葉は冬の大地にしづむ

透明な言葉を創る苦しみのかたちなるべし根上がり松は

沈黙の言葉に耳を澄ましをらむ川の流れは砂漠に消ゆる

透明な薔薇の咲きたる丘の上に人を思へりそよ風ひかる

冬薔薇ひかり弾けばうらうらぐはしありしながらの影はほほゑむ

あざらし

体温に窪む氷のゆりかごにごまあざらしの赤ちゃん眠る

流氷の上に転がりあざらしの赤ちゃん笑ふ真白き毛並み

瞬膜

水しぶき上げて漁る《すなどる》翡翠《かはせみ》に瞬膜ありぬ午後からは雨

朝日さす川遡る山翡翠《やませみ》の羽の模様は秘めたる言葉

小木菟つばさを広げ向かひ来る野鼠さがす金の眼差し

濡れたれば飛べぬ寂しさ両翼を川鵜は広げひかりを浴びる

おもむろに取り出す封書セロハンの窓はいかなる瞬膜なるか

我が唯一つの望みに

花びらの内のめぐりにうつすらと花粉を噴くは罌粟の秘め事

少年のうなじ匂へり俯けるほのむらさきの南蛮煙管

「貴婦人と一角獣」のタペストリーひとたび暮るる海の明るみ
「我が唯一つの望みに」は連作のテーマの一つ

桃を剝く作法を習ふひとときを輝きとしてひと日を終ふる

茶の花に翳を曳かざる黄の蕊の睫毛しづかに目をつむりたる

経ヶ岬

経巻がめぐりに立つといふ岬海のひかりは言葉に通ふ

宇宙への嘴打ちならむ新緑の岬なだりの白き灯台

岬にて人を思へりみなぎらふ海のひかりはこころをつつむ

をさなごの脚の長さの俯ける望遠レンズは隼を待つ

人恋ふる血の澄みとほる夕暮れは岬なるべし鳥渡りゆく

蛍　火

大脳は脱出したし鉢植ゑを根ごと取り出し地に植ゑ替へる

見えるもの見えざるものとえにしなれ野生の藤の短きひかり

たゆたへる牡丹の花の柔らかくつつむけはひにからだ溶けゆく

一条の血を咬みカンナ咲きをらむ人を愛する孤独を曳きて

蛍火は言霊ならむ懐かしきこゑがひかりになりては消ゆる

うれしの

対称性びめうに破れ嬉野《うれしの》に生まれしわれに亀ぞ鳴くなる
たまきはるいのちをうたへ曇り日に山桜また白み増したる

夕暮れのさくらの森をみどり児になるまで歩け樹下山人忌

四月五日　先師　前　登志夫の忌日

うしろよりほのと抱かるるけはひしてしだれざくらと歩み初むらむ

死はひそみかがやきをらむ遠望む海になりゆく棚田のひかり

FUKUSHIMA

頭蓋骨突き抜けたるか竹竹竹春の息吹が身に揺れやまず

自爆するテロの愉しみ知らずして人妻たちの豪華なランチ

ＦＵＫＵＳＨＩＭＡを歌に詠みたるにんげんを歌に詠まざる吾《われ》が見てをり

狂はねばこころかへらず音立てず半身崩るる牡丹一輪

脚の骨折れたる馬へ銃声が轟きわたり消ゆるしづけさ

月を踊る

連翹の驕る真闇は耳を剃ぐかの剃刀を持ちてをらずや

にんげんの根源の代のさびしさを闇の底より蚯蚓は鳴くも

にんげんに蚯蚓が鳴くと思はるる太初のこゑの螻蛄のかなしみ

たましひの柾目《まさめ》と杢目《もくめ》削りゆくつきかげの刃を選ぶのは誰《た》そ

バルトーク・ピッツィカートは血の滾り月を踊るよ耳を斬るまで

帰途

肌色に暮れてゆくなりみなかみに嬥歌の響み筑波の山は

いつせいに咲きたる稲よ海からの風はいのちを光に返す

笹百合の実のうすみどりしなやかに立ちたる日より秋さりぬべし

をみなの香濃くたなびくや咲きのぼる葛をまはりの裏葉が囃す

側溝へ金木犀はこぼれ落ち流るる水に砂金のごとし

小春日のしづけさにをり引窓のひかりはゆるく首絞めをらむ

枯萩に人を思へりとりかへしつかざるもののまぼろし揺るる

蠟燭の炎の揺るるしづけさはかなしみが木になりゆく祈り

浜砂の一粒ごとの瞬きはありしながらの影の息づき

石蕗《つは》の葉を打つ雨音のぬくもりにまもるべきもの面影に立つ

小春日は手足の爪を切り終へて佳き人待たむからだ浮きゆく

一叢の枯れねこじやらし揺れてをり二十歳《はたち》の記憶輝き初むる

月読の冴ゆるしじまに柊は自を拒まれしわかき日匂ふ

みどり児にいつか還らむゆくりなく舫ひ解けたる舟のごとくに

天使の誘惑

自家工房二階に備へるテーラーの主人の微笑にかなしくなりぬ

反物の服地は一期一会なり昔男の短き夢を

反物を右肩に掛けぬばたまのけものとなりてかがみ見てをり

採寸のしづけさにをり無意識の樹海の中をしばしさまよふ

デザインの仔細を決めてカシミールの森をさまよふ山羊をおもへり

ああすればよかつたといふ佳き人のため息ならむ卯の花腐し

煩悩は神のくちづけ純白の梅花うつぎをひと日目守《まも》りぬ

テーラーの主人が翳《かざ》す型紙は切り分けたりしわれの空蟬

父母未生以前の空気か仮縫ひの服がつつめり皮膚と変はらず

仕立てたる背広着てをり姿見に孔雀さびしく羽をひろげる

デニム穿《は》く後姿にたをやかな線泛き上がるかたばみの花

蟬

地に落ちし栗の花緒を踏みしめて少年のわれ歩み来るなり

ひたすらに自慰をしてゐる少年の身は震へをり蟬鳴くごとく

水酸化ナトリウムにて紐に化す少年の日の蚯蚓おもほゆ

夜の蟬の鳴く悲しみは年輪のかたちになりてかがやきをらむ

合歓の花もののあはれはさだめあるあはれなるべし雨にけぶりぬ

背伸びして桃を捥ぎたる少年が彼岸に立てり潮満《しほ》つるとき

土に立ちかなかなは自が魂を見む夜の公園の電話ボックス

蕊の黄の揺るる稲穂よ日本語の四十八の音のかそけさ

母の日記

西天目瑞巌山高源寺紅葉散りたる石段《いしきだ》登る

夕空に崖があるべしかりがねの渡る高みはゆるりと変はる

金輪際世に阿らず生きよといふ角の折れたる鹿のまなざし

地の冷えがのぼる木立は夕映えて堆朱《ついしゅ》のごとく大地暮れゆく

枯萩のからびたる葉は色褪せて掬ぶかたちに午後の日そそぐ

老い母は十年日記つけ終へて五年日記をつけ始めたり

裸木になりたるさくらむらさきの滲む木膚も春待ちをらむ

あをあをと闇は明るみ月の面に黄みさしてをり春の立つまへ

東大寺修二会

法螺の音に千年のこゑけぶるらむ鵜の瀬の闇に火影《ほかげ》は揺るる

二月堂竹送り終へ人絶えぬ竹は自在に飛び跳ねをらむ

閼伽井屋《あかいや》の井戸より汲みたる御香水《おかうずい》いく世の影ぞ底にうつれる

二月堂登廊《のぼりらう》より祭壇へお松明駆け祈りを上げる

回りたる籠松明にいにしへの異国の闇は息づきをらむ

餓鬼阿弥

薄氷《うすらひ》は風の屈葬その罅を胸に畳みし魂かとぞ見る

裸木にふくらむすずめ沙羅の実の欠けし萼のみ残れるものを

幾重にも雨の波紋がつくる輪はありしながらの影の瞬《まばた》き

蒼立つ白木蓮のかがやきは痛みおぼゆるものならなくに

無意識は秘めたる花よ草木のそこはかとなううちけぶりたる

仏性《ぶつしやう》の貂かもしれず檻にゐる鴇の喉《のみど》を咬み砕きたり

一日は歴史の祖型と思へども口を開けばはや日の暮るる

餓鬼阿弥を慕ふ翁の木にかへる吉野の山の春の夕暮れ

しだれ桂

蒼穹の悲しきまでに澄みまさりただ在ることのもの狂ほしも

意識とはいかなるものか考へるこころの端をゆるキャラ渡る

クリオネの羽ばたきほどの閃きもつひに浮かばずそらみづあさぎ

何もせぬひと日過ぎたりカメムシのさみどりの背は夕日を浴びる

つきかげにしだれ桂のそよげるは人恋ふ影の奢りなるべし

肉筆

海民の櫓《ろ》を漕ぐ呼吸みなかみに生まるるこゑは歌になりけむ

詠草は鏡のかがみ万物にやつしては自に還りしものを

こころとは違ふことばのほとばしるかなしみならむ青葉の冷えは

ドーピング違反の選手にあらざれど暗喩の深きうたびとあはれ

真実に暗喩は如かず空蟬に通ふ空気は悲しきものを

こころねに狂心渠《たぶれごころのみぞ》を秘めいのちの歌よ世に蘇れ

「まだ言葉だけですね」といふうたびとの肉筆みればこころかなしも

言の葉の化学哀しやたましひの相転移する錬金術師

文机の灯を消してよりいきいきと虫たちのこゑ宇宙を渡る

空疎こそ詩の神ならめ星雲の闇は奈落に息づくものを

形象を棄てて羽撃く鳥たちよ　ブラックホールへ渦巻く銀河

能面をはみ出す顔の寂寥よ三十一文字の面とペルソナ

枕辺に海潮音を聴きをれば倭人の歌のみなかみおぼゆ

ものを書く腕《かひな》は岬秋澄めるこころの糸で言葉を紡ぐ

Ⅳ

野にかへる

おのづから野にかへりなむたましひの澄みとほるまで花と語らふ

何となく透明になる心地して白木槿咲く垣に佇む

接吻を知らぬくちびるそのままに少女はひとり川風を見つ

はるかなる野生のこゑを聞けとこそのうぜんかづら暮れなづみをり

山峡の過疎の村なり野にかへる棚田の畦を鹿飛び跳ねつ

世に出ないあまたの言葉響みをらむ草の絮飛ぶ昼のしじまに

蕎麦の花なだりに咲けりうつりゆく午後の日差しに磁針は振れる

銀杏散る径は足裏《あうら》にやはらかし若さかがやく記憶のごとく

みよしの

腹水に鮠泳がせてみよしののうたびと逝けり山の向かうへ
二〇〇八年四月五日　師　前　登志夫　永眠

みなぎらふ河のひかりは人恋ふるたましひならむ鳥は飛び発ち

亡き人に会へざるものを蒼穹に鳥渡りをり高光りつつ

うたびとのはつかにこゑを聞きしより杉のなだりにものをおもへり

一言で詠ふ寂しさひとところで鳥は明るく世界を歌ふ

飛ぶ鳥はたましひなればうたびとは崖のうへより往きにけらしも

生きてゐるただそれだけをなつかしみ人に逢ふなり何も語らず

暮れなづむ杉の木立に人絶えて休まずに湧く水の音する

芒

恥ぢらひて話かけてはためらひぬほぐれ初めたるますほのすすき

子の手ひく若き夫婦に日が昇る穂芒の野はひかりの泉

みどり児についてをみなご歩きをり穂芒そよぐ明るき彼方

たそがれは宥《ゆる》しなるべし穂芒のそよぎたる野を鳥影渡る

星月夜穂芒の野は鱗粉のごときひかりをたなびきをらむ

オムレツ

片しぐれ去りてしづもる水面《すいめん》に浮寝のごとき蝶の一片

おぎろなき冬田に立てりこきばくもゆたけき無為は夕日に染まる

六本の脚で歩ける魴鮄《はうぼう》の紺碧の眼の見しもの想ふ

もぐらもぐら畝《うね》を貫き畝合ひに出ては隣の畝を掘りゆく

たかぶりはなにゆゑならむ蒼穹に見えざる鷹の飢ゑ澄みまさる

水葬の鳥もあるべし列島へ渡る群れから波のまにまに

あるときはモン・サン・ミッシェルのオムレツのほのやはらかき口づけをしつ

枝先にプラタナスの実残りけり星にならむと願ふごとくに

女神

存在のしらべなるべし山焼きは女神《めがみ》が神を産み出す力

精霊の往還ならむ縄文の仮面の女神の同心円文

朝日さす海より見ゆる那智の瀧女神のほとは悲しきものを

麦秋の夜風に満つる湿り気に大宜津比売《おおげつひめ》のほとの香聞こゆ

阿蘇谷は山の女神のほとなれば喜ぶ色の米塚ならむ

扇

断崖に立ちてこころにこもりたる鬼をしづめむ鷹渡りゆく

秋風に秋風つづく夕暮れの一本道を帰りゆくなり

真夜中の鼻血の味に目覚むれば梟の子の飢ゑ思ほゆる

慈照寺の砂の宇宙の庭園にめん鶏放つ夢はたのしも

一本のひかりの扇ひらくまで紅葉走れり名もなき山に

まる鍋

すつぽんの生き血を飲めば腸《はらわた》に沁みてくるなり人恋ふこころ

すつぽんと吾《あ》とのちがひはびめうにて肝、心臓《ハツ》、腸《わた》の造り輝く

黒釉の土鍋の尻の燦々と齢知らずの恋煮え滾る

まる鍋の出汁の美味さはらりるれろ錬金術師古酒割り始む

シベリアの凍土に眠るマンモスを食ひ残しけむとほつおやらは

石斧

囀りをふふめる朝の日のひかり言葉はこゑより悲しきものを

たまかぎる夕日に傷むたましひのこゑは聞こえず鳥渡りゆく

薄明は何の祈りぞまゆあひのおもむき湛へ山脈《やまなみ》暮るる

一辺の波打つ絖《ぬめ》は筋交ひに小麦畑を駆け抜けてゆく

ほほゑみに翳りあらざる少年の月日にかへる小手毬の花

鳥影の渡るたそがれ地を伝ふからくれなゐの物しづかなる

薄明は渚なるべし麦の穂に石斧《せきふ》のごとき三日月上がる

幼育て老慈しみ暮らせども誰も乗せない夜の観覧車

月

裏山へ雌鹿の脚は遠ざかり足音消えぬ秋深みかも

産み終へて卵の傍に浮く鮎の一尾一尾に月さしてをり

家毎に煮炊きの音のたちをらむ休むに似たるひと日は暮れぬ

年ふりて忘れし恋のかさほどの甍《いらか》は乾けり月待ちをらむ

浴身のしづけさならむやまなみの蒼きを曳きて月上がりをり

回廊を列柱越しに渡りゆく僧衣のひとりつきかげを見ず

月読のひかりひとすぢのびちぢみのびちぢみして息づきをらむ

黒塗りの椀に残れる貝の砂杳杳《えうえう》としてわが四十過ぐ

今日もまた無事に終はりぬからつぽの猫車にもつきかげは差し

つきかげにあやしくかはるむらぎものこころのゆくへ誰《た》も知らなくに

月読に暈のかかりぬいにしへは言霊の音《ね》に耳澄ましけむ

無蓋車につきのひかりは差し込みて夢の目方をいまだに知らず

星雲の渦の模様に泛びくる色欲ならむ海鼠の肌《はだへ》

満月のまはりの星は幽かなり中空《なかぞら》の恋忘れて眠る

秘色

ひさかたのひかりたばしりけぶり立つ那智の瀧こそわれのたてがみ

ひかり差す網膜につと沈みゆく言葉にならぬものぞ悲しき

水底に水面《みなも》の窪み影曳くはわがうつつなきこころなるべし

ひぐらしの鳴きつぐ夕べ鴇いろの空はこころに水流しゆく

暗闇にかまつかの色滲みをりわれを憎める人のこころの

花入れに清らな花を活けたるはおのれの首を血祭る儀式

内臓はわが言の葉を創りをらむ月読つつむ雲の断崖

秘色《ひそく》なる十一月のなかぞらにこころ量りし目盛りを捨てつ

天国の階段

しあはせをふと考へる真昼間の雪の向かうにしづかなる岸

接吻の舌に応へて舌舞へり極彩色《ごくさいしき》の雪の夕暮れ

曇り日は血の澄みをらむまろまろと椿の蕾葉むらに眠る

山焼の火は移りけり山の端の襞なす闇に星うるみつつ

春雨も人恋ひをらむ走り来る馬の肌より湯気立ち上がる

喧噪の街の中にてわたくしにかへるしづけさ人知らなくに

春の川ゆるりと水車回しをり杉の葉を搗く杵音やさし

天国の階段なべてさくらより始まる春よ世は祭りなり

花冷は鳩が啄ばみ損ねたるピスタチオの殻からから鳴りぬ

窯変の景色を眺め酒酌むは孤にかへりゆくさびしき儀式

珈琲に油分のカオスひろがれば宇宙の孤独わが側にあり

鳥葬を終へて残りし骸骨を優しくつつむ春のつきかげ

大いなる欅の洞に身を入れてみどり児になる渾沌にをり

春あけぼののほがらほがらと父母未生以前の嬰児われに歩み来

夜

大甕に張られし水の漲りもいのちなるべし月盈《み》ち虧《か》ける

つきかげに澄みつ濁りつたましひのからだよりふと離るるかろさ

めつむれば夜の音楽やはらかし世界は深し水鶏《くひな》鳴くこゑ

非ユークリッド空間膨らむ宇宙こそあくがれ出づる子宮なるべし

空間が時間に歪む宇宙にも木乃伊《ミイラ》のごとき感情あらむ

存在の漸近線の果たてには円環なせる時間あるべし

夜這星光曳きゆく束の間に闇の切れ目は合はされたりき

時といふ浸透膜に残りたる沈痛のごとき夜の鱗雲

腑分け

月白のまほらへ蕾ふくらめば幹より滲むさくらの血潮

京舞の左稽古のきびきびと水面《みなも》に揺るることしの桜

咲き満つるさくらは春の吃水線底荷のごとく蒼きうつし身

弓なりの牛の涎の輝きに何も語らぬ豊かさあらむ

ああこれが桜いきれかゆつたりとうねるけはひは生あたたかし

思ひ寝の血潮の滾る内臓を腑分けに来らし夜半の桜は

言霊に腑分けされても群肝のこころは一《いっ》に息づくものを

畝なして時が重なるきりぎしにいのちのぬくみさくら舞ひ散る

聖骸布

原罪の自覚促す夜の雨か花の静脈高まりをらむ

たましひとからだのつりあひ損ねては罪の生まるる人のかなしみ

原罪のかたちを知らぬ花吹雪きりんになりて走りゆくかも

原罪の無きゆゑ年をとらざりし聖母マリアよ桜蕊降る

枯菊を焚けば御影《みえい》の美しき聖骸布こそ物狂ほしけれ

エアー

初春のひかりうるはしHよりはじまる元素周期律表

うら若き炎のうへの鮑にも春の夜を揉む肉の華やぎ

モーグルのエアーのごとき喜びをいけにへにして肌を重ねき

闇深く果てたる後にぼんやりと過ごす時こそ涅槃と思へ

乳房より乳ほとばしりふたまたに海へ落ちたる天の川かな

原初の手形

洞窟の壁の手形は岩肌と交霊せむと色を塗りけむ

スペイン　カセレスのマルトラビエソ洞窟

みどり児の思ひのままのピアノより原初の手形羽ばたきをらむ

太古の檜

山峡に過去世おもへり朝靄に黒き影曳きかりがね渡る

形象の層の重なる夕空を筋交ひに往く雁《かりがね》ならむ

かりがねの渡る道すぢひとつづつ指差し数ふるをさなごあはれ

雁のしづかに渡る湖に太古の檜永遠に眠らむ

畢

跋

科学する抒情

萩岡良博

歌集『愛州』は國清辰也の第一歌集である。「三十五歳から五十八歳」に詠んだ歌をまとめたとあとがきにある。その間、作者が拠る「ヤママユ」誌に発表した作品数は八〇〇首を超えるだろうが、そこから四六一首を選んで逆編年体で編まれている。歌歴の割には遅い第一歌集の上梓と言えようか。しかしある種の知性が「独自の歌を希求」(あとがき)する情を抒べるには、しらべの繭の中で過ごす長い時間が必要だったのだろう。

曇り日にさくら散りけり一生《いつしやう》の本意に触れず半生過ぎぬ
世におくれて生きるたのしさひつそりと樹海の翳に木の実踏みゆく

一首目は巻頭の「花のえにし」一連の中にある作者の思いを陳《の》べた一首である。〈本意〉は人間存在の根拠というようなものであろうか。この〈本意〉に触れる歌を詠むためには長い時間がかかることは想像にかたくない。二首目の作歌姿勢は痩せ我慢などではなく、作者の矜恃であろう。

ある種の知性と書いたが、作者は電子工学を学び工学博士号を取得している、現代の最先端で忙しい時間を生きている理系の知性の人である。現在、企業で半導体素子の研究開発に従事していると聞く。半導体素子というと、コンピュータを使う多くの製品の電気回路のことであろう。〈ヒトゲノム編集委員に誘はれて断つてをり夜の紅葉山《もみぢ》〉という一首からも、その優秀さは想像される。しかし作者は〈ヒトゲノム編集〉よりも〈本意〉に触れるために定型詩を選んだ。忙しい時間にまぎれて見失ってしまう人生の〈本意〉に触れるためには、自然や日常嘱目のうちに人間存在の根拠を問う時間へと開かれていく定型詩が必要だと直観したのであろう。

作者は三十歳の時、俳句結社「梟」の門を叩き矢島渚男に師事している。その五年後には、前登志夫に直接手紙を書き、「ヤママユ」6号より入会を許されている。俳句と短歌の定型の小舟に揺られながら長い習錬を積んできたと言えよう。令和二年（二〇二〇年）には句集『1／fゆらぎ』を上梓した。

万物に1／fゆらぎ秋
寂しさは1／f《エフぶんのいち》ゆらぎといふ鬼になりてむ夜の鰯雲
朧なりシュレーディンガーの猫か
生きながら三十一文字に葬られシュレーディンガーの猫になりてむ
ものを書く腕は岬秋澄みぬ
ものを書く腕《かひな》は岬秋澄めるこころの糸で言葉を紡ぐ

発想を同じくする俳句と短歌が他にもいくつかあるが、ここでは三句、三首を引く。こうして並べてみると、あらためて俳句は省略の文学だと思う。波の音や蠟燭の炎、そしてモーツァルトの音楽などにも感じる1／fゆらぎ、つまり〈万物に1／fゆらぎ〉という物理的現象が、俳句では〈秋〉というたった一語の季語に支えられているのを感じる。ここに情が入る余地はない。対して短歌は、〈寂しさ〉という情緒が〈鬼〉になり、1／fゆらぎの視線となって〈夜の鰯雲〉を眺めている。俳句だけでなく、作者を短歌に向かわせたのは、ロマン性を秘めた感情の揺らぎを棄て去ることができなかったからだと思う。

〈シュレーディンガーの猫〉については、この四月に発行された「ヤママユ」62号に、作者は「あいまいとやつし」というエッセイ風歌論で触れている。うまく要約できないが、一九三五年にオーストリアの物理学者シュレーディンガーが、猫を用いて、物理学的実在の量子力学的記述が未完成であることを指摘した思考実験をいうらしい。青酸ガス発生装置を取り付けた箱に入れられた猫は、箱を開けるまでその生死があいまいであるという。このあいまいさに作者は、「幽玄を見る思いがするのである。幽玄の本質は、あいまいな在り様にある」と量子力学から短歌論へと飛躍する。俳句ではこの思いは伝わらないが、短歌では、読者に読まれるまで、その一首のポエジーの成否（＝生死）は、一首に葬られたままだと読むことができる。

三首目の短歌は下句が冗長に感じられる。歌合なら俳句の勝であろう。

ここに並べた俳句と短歌からも窺えるが、作者は、俳句という理知の器には収まりきれない情という鬼をしらべに封じ込めようとして、短歌を詠んできたのであろう。その跡を少し見ておこう。Ⅳ章の初学の頃の歌を引く。

非ユークリッド空間膨らむ宇宙こそあくがれ出づる子宮なるべし

存在の漸近線の果たてには円環なせる時間あるべし

初学の頃から作者は理系用語を用いて独自の歌を希求していたことが見てとれる。しかし先師前登志夫は〈「まだ言葉だけですね」といふうたびとの肉筆みればこころかなしも〉と手厳しい。年賀状の添え書きのロイヤルブルーのペン跡が目に浮かぶ。しかし作者は、歌を詠む歳月の中で、次第に理系の知性とその知性をはみ出る情に折り合いをつけるしらべを身につけていく。

先師の言葉や選歌をバネにして、作者はⅢ章の「瞬膜」の一連やⅡ章の「いちぢく」の一連のように、科学的知見や観察をしらべに響かす歌世界を模索していく。「瞬膜」では、翡翠、山翡翠、小木菟、川鵜という瞬膜をもつ鳥類を詠みながら、封書のセロハンの窓へと飛躍する。この展開などは俳句から身につけたものか。「いちぢく」では、果実の中に花がある無花果の果《み》の中で、〈イチヂクコバチ〉という蜂の生死をかけた営みを詠む。このようにして、作者は歌を詠み続けることによって、科学的知性とその基にある存在の根拠となる自然や時間をしらべとして響かせていくことになる。

何となく膵島細胞甘さうなけはひのありぬ夜の百日紅
生贄の故郷《ふるさと》語れ歯が含むストロンチウムの放射線量
縄文の土偶の腰の渦巻きは子を産む力春の黒潮
稲荷山古墳出土の鉄剣の色になるまで秋刀魚焼きをり
萩の花こぼれてをりぬ佳き人のまへにて人はきらめくものを
土嚢にはあらざるものを非透過性納体袋に帰燕は高き

近作であるI章では、科学的知性は一首目のように自然の中にまぎれこみ、二首目のように社会詠のしらべを湛える。科学する抒情と言える。現代の最先端を生きる知性はまた歴史の奥深くもよく見えるようだ。三首目では土偶と春の黒潮に漸近線を引き、四首目では古墳出土の赤錆びた鉄剣と焦げた秋刀魚に漸近線を引いている。

また五首目の他にも数首に詠まれる〈佳き人〉は、作者の心に1／fゆらぎをもたらし相聞のしらべを奏でさせる人であろう。作者が歌を詠むひとつの理由も、含羞を湛えたこのゆらぎにあるのではないかと思わせる。六首目は新型コロナウイルスの現代の世相を詠んだ時事詠であるが、作者は、科学的知性の幅を時事・社会詠へも広げつつある。

この歌集には、多忙で苛烈な現代にこそ見失ってはならない〈一生の本意〉に触れんと希求する思いを湛えた科学する抒情が、春の黒潮のように滔々と流れている。

令和四年四月　春の黒潮の幻聴を耳にしつつ

あとがき

歌集『愛州』に収めたほぼ全ての作品は、一九九九年から二〇二二年にかけて、二十三年の間に作歌し、歌誌「ヤママユ」六号から六十二号において発表した歌を基にした、四六一首である。年齢では、三十五歳から五十八歳に当たる。

初めての歌集であり、独自の歌を希求した拙い試行の記録である。「ヤママユ」発表時の一連の歌を取捨選択し、推敲した上で組み直し、概ね逆編年体で配列した。

歌集名の『愛州』は、二〇二一年「ヤママユ」六十号所載の作品十五首の表題であった。字面による博愛のイメージとその響きが好みであった。愛州は、六世紀頃から、中国王朝がベトナム北中部に置いた州である。

歌集『愛州』を本にするにあたり、先師　前登志夫先生、歌集稿への助言と跋文を賜りました萩岡良博氏をはじめ、山繭の会の皆様、砂子屋書房主の田村雅之氏、装本の倉本　修氏、短歌の友人の皆様、そして、関わったすべての古今の魂に深く感謝する。

二〇二二年三月

國清辰也

著者略歴

國清辰也（くにきよ　たつや）

一九六四年　佐賀県生まれ

一九九四年　俳句結社「梟」入会　矢島渚男に師事「梟」同人

一九九九年　短歌結社「山繭の会」入会　前登志夫に師事　「ヤママユ」同人

二〇二〇年　第一句集「1／fゆらぎ」を出版　現在に至る

ヤママユ叢書第155篇
歌集　愛州
二〇二二年七月一一日初版発行
著　者　國清辰也
茨城県水戸市千波町二八六〇―一五　アークガーデン千波　A1―102号室（〒三一〇―〇八五一）
発行者　田村雅之
発行所　砂子屋書房
東京都千代田区内神田三―四―七（〒一〇一―〇〇四七）
電話　〇三―三二五六―四七〇八　振替　〇〇一三〇―二―九七六三一
URL http://www.sunagoya.com
組　版　はあどわあく
印　刷　長野印刷商工株式会社
製　本　渋谷文泉閣